歌集

黙坐

小谷　稔

現代短歌社

目次

平成十九年（二〇〇七年）

平成二十年（二〇〇八年）

黙坐

平成十九年（二〇〇七年）

アララギ第一回安居会

大正十三年七月二十九日から三十一日まで長野県諏訪町唐沢山阿弥陀寺にて開催、参加者四十五人。

岩山の峡の奥処にこもる寺アララギ第一回安居会ここに

崖をなす板状節理の岩迫るこの寺に四泊の夏安居ありき

唐沢の石清水飲みこの寺にこもり励みし四十五人

アララギも若かりしかな憲吉は燕岳よりこの会に来し

芽吹く前の雑木の峡の西ひらけ見おろし遠く諏訪湖の湛ふ

諏訪の友に折々出づる土地の言葉赤彦の声として吾は聞く

北西より襲ふ時雨はたちまちに湖上に雲となりて渦巻く

古書

まれに通る路地にひそかな古本屋に懐かしく買ふ歌集『放水路』

久々に古本にほふ中にゐて新しきテーマ思ひつきたり

初版本にこだはらぬ吾も『天沼』を見つけて天にも昇る心地す

『資本論』売りて帰省の旅費としき焼跡の街にてすぐ買ひくれき

わが死後に遺らむ本か灯火を消してしばらく並ぶ残像

旧版の子規全集をわが与へし若きも早く歌を離れき

雀去りし故里

今年稲を作らぬ門田蛙鳴かず山を出でたる月の映らず

稲青きふるさとを恋ふるもつづまりは吾のひとりの郷愁にして

一町歩の荒れ荒れし田に囲まれて遂に食米買ふ成れの果て

谷水の乏しきを相奪ひたる争ひもなし稲田の減りて

母の忌のふるさとに来て稲作をやめたる兄の老いを見るとは

人絶ゆるを知りてか老いの五軒残るふるさとにすでに雀の棲まず

兄老いて音なく住むか家近く培ふ椎茸を盗まれしとぞ

つひに稲をやめたる兄か雪なくて乏しき春の水を憂へず

母の忌に帰り来よとぞ稲田なき荒野をわが目に見しむといふか

久々に吾の眠らむふるさとは蛙の鳴かぬ異郷の静寂《しじま》

巣の料の泥さへなくてつばくろの再び還り来ることのなし

仏壇の線香を鼠がかじるまで穀を作らぬ吾のふるさと

稲作を遂にやめたる老いし兄か否むにあらず肯ふにあらず

ふるさとの水

ふるさとの泉の水ぞ宅配の便ありがたし透きとほる水

幼くて日々飲みし水幾十年経てわが卓に澄みてしづまる

稲やめて田に入ることもなき水か故里の青葉の谷下るらむ

ふるさとより送られて来しこの真水吾の身深く沁みとほりゆく

家絶ゆる日の近からむ故里の墓石を弟は拓本にとる

明日香をとめ

きほひたる三日の会を終へて対ふ南淵山《みなぶち》のひのき瑞山《みづやま》

夫君に手をとられ流れを渉ります遠世の明日香をとめさながら

無人の店の野菜をすべて盗み去る車も明日香の現実にして

子に孫に付き添はれ歌会に来たまへる老いの一途を目のあたり見つ

いつまでも一途に土屋文明にこだはるなかれとまたも言はれつ

ひさびさに心明るし四十年前の生徒三人わが歌に来る

あるく

暁闇《げうあん》に覚めてよろめく第一歩ヒトの祖《おや》もかく歩み初めしか

若き日は歩むをもどかしきものとしき老いては歩むことのみに足る

走りたる思ひ出はみな切なかり走りてつひに逢へざりし日も

歩く日課みづからに強ひ健康法をあれこれあさることも卑しき

常臥《とこふし》の正岡子規は下駄履きしことさへ忘れぬ思ひ出としき

歩兵のごと努めよとかつて茂吉言ひき歩兵に存在感ありし代にして

足弱り歌衰ふるを多く見き文明先生といへどその中

病める身を敢へて真夏に旅をして到りし説ぞ節《たかし》の「冴え」は

ふところの数珠をまさぐり歩みたる耕平の歌あはれ澄みたり

自然詠に力失せしは車ゆゑか王朝貴族も今の人らも

稲を負ひ炭を負ひたる少年期の名残に今も幅広き足

山坂を米俵負ひし弟と知らずに吾は学寮にゐき

長生きの母の血をうけ吾もまた呆けて足強く野を彷徨ふか

秋篠寺の杜の暁闇《あかつきやみ》の中覚めたるものは小鳥と我と

新しき靴履きてゆく今朝の歩み神功陵より磐媛陵まで

磐媛をわが妻は知らず時をりのあらそひは食の塩加減など

舗装なき道もとめゆくわが地図にそのをりをりの花も書き添ふ

暖き冬に素直に従ひて早くも咲けり馬酔木黄梅

道端の枯れ菊の芽をひとつ取り花盗人の咎《とが》を重ねる

灌漑も養魚の用もなくなりて溜池は映す春めく雲を

笹鳴きの声聞きとめつこの声の聞こえず歩む齢はいつか

椎の実の皮青々と高きより散らして山雀の宴たけなは

並木路の樫数へつつ歩みゆく親子のたのしばし見送る

佐紀の村秋篠の村いつ来ても鎮守の庭の砂の箒目

核の脅し絶つと思はれずふところのラジオを止めて堤を下る

平成二十年（二〇〇八年）

新アララギ十年

狭心症わが病みてより十年か「新アララギ」と共なる十年

創刊より十年に加へしものは何老いに潜めるいきほひを見む

新しきを生み出だすべき勢ひをはらむ分裂なりしか否か

分裂につづく一つの悲しみも淡くなりつつ十年経たり

いつまでを貪る長き命かと子規年譜読む子規忌の夜を

ほとばしり落ちくる滝の生む風か岩壁のみどり絶えず動けり

暑き夏過ぎて思へば山ふかく白き全けき滝二つ見し

アララギの終刊の年に狭心症病みはじめしを年譜に記す

草稿をわが書きしゆゑ悪評にひそかに堪へて十年となる

ひとたびは上京し組織を守らむときほひしことも過ぎて十年

終刊を責むる手紙保ちて十年かかの人々も多く亡き人

終刊の動きの渦の片隅に「あらかし」とわが名をあはれ留むる

冬の桜

ふるさとの山に夕日の入る写真カメラの位置もわかりて恋し

棚田荒るる年々の写真にありありと植田二枚に減りゆく過程

児らを迎へに来し校庭のよく晴れて冬の桜のしらしらと咲く

家々の冬に入る花枯るる花見おぼえて下校の児らに付き添ふ

下校する児らに付き添ひ親しめば「虫博士」枯葉に何か見つけぬ

龍在峠・芋峠

龍在峠の雪踏むわれの靴跡を足蹇《なへ》ぐ日に見むと撮りおく

杉の間を洩れ降る雪の音たてて吾をつつめり峠の上に

宣長を掲げて文明を顕さず龍在峠の休み処は

雪白き峠の道をゐのししの跡の親しく従ひて行く

村の方へ向へる猪の跡と別れしばらくよるべなき思ひなり

山に一人残り住む媼は今宵帰る息子に風呂を薪にてたく

媼一人住む冬野にはカリンの実落つるにまかせ腐るにまかす

峠組と平地組に分かれ若葉明るき明日香をめぐる一泊二日

役行者《えんのぎやうじや》の骨あらはなる像のまへ飽食のわれら肉豊かなり

花あまた白く清らに垂れて咲く宝鐸草《ほうちやくさう》に膝触れて過ぐ

文明先生の歌あれば葉を裏返し紫背すみれを友に示しぬ

足もとに散れる花にて梢はるか光を受けて咲く藤を知る

文明説を顕してわが掲示しぬ龍在峠の杉暗き下

家一つ残れる冬野峠には牛しづかなる牛舎二棟

丹後縮緬

丹後縮緬の機屋は廃れおほかたは民宿となり蟹の客呼ぶ

一軒のみ機織る音す歩を止めて聴く感傷をひとり憚る

松枯れて伐りはらはれし古墳より見下ろす機の音絶えし町

君の大き声も機織る音の中に久しくいそしみし名残と言へり

縮緬の縮みを作るその手順聞きて甲斐なし機の廃れて

奥丹後春の彼岸の海凪ぎてあまた海石《いくり》は石蓴《あをさ》のみどり

一乗谷朝倉遺跡

川上の無住の寺にまづ寄りて一乗谷朝倉遺跡に友は導く

上つ瀬に下つ瀬に河鹿鳴き競ひ流れは滅びし跡を貫く

信長に焼かれ三日を燃えしとぞ峡を埋めけむ板屋根の町

復原の武家屋敷はわが家より広し茶室あり倉あり米俵積む

戦国の世よりの裔《すゑ》か川沿ひの草には光る茅花の穂群

ほろびの後田となりしゆゑ戦国の町跡は稀に地下に残りぬ

板屋根に石を載せたる復元の人住まぬ町も梅雨雲の下

九十九里浜

灯台の森にほととぎすの声徹り九十九里浜ここに起これり

太平洋の波を遥かにおほどかに受け容れて永遠なる九十九里浜

太東岬の崖にし立たむ長き願ひかなひて海に頭《かうべ》を垂れぬ

太東岬の崖にわが立ち四十五の力みなぎる左千夫を思ふ

堤防の内に草引く媼さへ海高くならむ日を怖れゐる

海亀の昨夜上り来し砂の跡わが足跡も間なく消ゆべし

京都植物園

沼杉は道へだてたる水の上に呼吸根赤くのぞかせてゐる

時置きて揚る噴水ある時は風に吹かれて一方に落つ

洋花の華やかに咲く中を来てやさしく親し韮白く咲く

暑き日の届かぬ森の流れには鴉浸りて長く動かず

苔おほふ幹太々と並び立つ針葉樹林にしばし午睡す

薔薇園は夏衰へし枝々を剪定してトラックに堆く積む

飛鳥川

飛鳥川をはさみて棚田相対ひ畦埋めて曼珠沙華の花相対ふ

白く乾く飛石わたるわが影の流れに落ちて飛鳥川ゆく

彼岸花の人ごみを遠く請安《しやうあん》の墓は巨木の枯れし下蔭

もう少し歩まむと言ふ若き友らの希みに越ゆる朝風峠

太茎に斑《ふ》のあざやけきを蒟蒻と知るは吾のみ今日の明日香路

奥明日香「蛍の里」とて人誘ふあたかも稲田の荒れし頃より

自給率

草の中より人参を探り引くこともみづから耕す安らぎの中

わが野菜の自給率は約八割か食ひ残す菜の花は蝶呼ぶ

楽しみの作といへども葱二畝坊主になりしをあたら積み捨つ

農の父より少しく豊かなる吾か畑終へて蕗の薹をカメラに収む

ふるさとの荒れし一町歩よ若くあらば春田起しに帰らむものを

平成二十一年（二〇〇九年）

退院の兄

筋肉はかくも脆きか四十日目の退院に兄は靴を履き得ず

退院の兄に歩けと送らむに歩数計は反応せぬかも知れぬ

朝々の仏壇までの歩みより始めて兄は足慣らすとぞ

兵の日の中国語を恋ひベッドにて兄は講座のテープを聴きし

足蹇《なへ》を人に見らるるを憚るかわづか三軒残れる村に

笑ふことは癌を抑ふと説あれど限界集落にて何を笑はむ

飯粒

わが公民館に花水木の苗を寄贈して工業高校来む春に閉づ

ふるさとを恋ふるよすがに植ゑし藤ほしいまま伸び吾をさいなむ

笹の根を掘り掘りて一日かかりたりこの庭捨つる日もいつか来む

庭の花も木もわづらひとなる日まで命保つと思ふにもあらず

ふるさとの慣ひの雑煮を強ひざりし悔いもちて妻と四十五年

農に育ち飯粒《いひぼ》残さぬわが習ひ妻にも子にも伝はらずして

滅び近きわがふるさとの冬の家絵に残さむと君は行きしか

崩れゆく納屋のほとりに繋がれし牛を描けり幻の牛を

シャッターの音

雪に曇る眼鏡を拭きて駅に入る勤めゐし日に似たる気負ひに

軋みつつシャッター下ろす夕の店この音のせぬ日の来るなかれ

早く食ふ性をみづから卑しめどあるいは保つ若さならむか

鉛筆を鋭く削りつつをりて何に恋しむ昭和期なかば

コーヒーの刺激も眠りを妨げずかく鈍りつつ身を衛るらし

記念の硯

友に得し蓮華草の種を畦道にかまはず撒くを人ら許せよ

わが卒業の別れに硯をくれし友も亡き数に入り春を重ぬる

卒業後も学生服にてしばらくを勤めし感傷を今なつかしむ

新卒の吾を試ししか学級委員ら総辞職宣言しき担任初日

歌のため職やめて上京したる日よ貧しくも希み叶ふ代なりき

三軒のふるさと

三軒のふるさとに人住む証しともわづかなる田に水張られたり

植林してまざまざと谷の水の減り棚田植ゑむに降る雨を待つ

谷水を引けるホースは杉の林をよぎりて遠く門田に届く

ゐのししの食ひ残したる筍をわが手に掘りてふるさとにあり

荒れし田にはびこる葛が耕耘機の刃にからまりし苦労を聞きぬ

三軒に家の減りたるふるさとに咲くタンポポは西洋種なり

安芸灘

宇品桟橋を踏みし軍靴の重き音偲ばむに茅萱《ちがや》そよぎてやまず

この港を発ちしわが父若き兵にまじりて歩調合はせ行きしか

凪ぎわたる朝の潮の安けさもあはれ束の間潜水艦浮く

安芸灘の橋にて繋ぐ島々に人まれに子どもの一人だに見ず

この瀬戸に栄えし島の港町塀高き庄屋の廃屋となる

芝居小屋すたれて蜜柑の選果場いま島観光の資料館となる

この夏

二年の休み田をよくぞ起したり稲穂出そろふ盆のふるさと

ふるさとに人絶えゆくを予知せしか燕来ずなり雀さへ見ず

ふるさとの里山荒れて盆の花のをみなへしすら花屋のものか

若き日に住みゐし寺の夏恋し筧の水の夜すがら鳴りき

乱れたる机の上を整へぬ寝るまへのひとりの儀式のごとく

一夏をかへりみすれば昼寝する日の増えたるも齢相応

夏の衣類をしまひゐる妻春咲きし球根を鉢より掘り上げるわれ

つれづれの独り遊びのパソコンに子規逝きし日は金曜と知る

この夏のひとつ奢りに北甲斐の村にてルオーの数々を観し

諏訪湖の朝

諏訪の湖を囲む山々明けやらずいづれの谷も霧白く吐く

諏訪湖より寄せて河口を遡る波頭見え朝の明けたり

湖おほふ梅雨雲くらき天心の一ところ裂け明けの空澄む

みづうみの西より寄する波三段迎《きだ》ふる鳰の安らかに乗る

街の音いまだ動かぬあかつきを葦生とよもしヨシキリの鳴く

夜の明けの独りの歩みクローバーの閉ぢたる葉群開きゆくころ

明けの舗道に人働けりマンホールに調査のテレビカメラを垂らす

はらから六人

山採りの茸の皿に亡き母の味よみがへり少し酔ひたり

はらからの六人揃ふは最後かと言ひてはならぬ言葉が浮かぶ

山脈をひろく見渡すこの家に育ちし幸の老いて身に沁む

わが歳と同じ年経し納屋なるか共にほころびを隠すことなし

庭先に栗の苗木を植ゑし兄実のならむ日まで必ず生きよ

廃屋の軒下にいまも透きとほり蝮《まむし》を浸す焼酎の壜

大き商社の看板掲ぐる養鶏場かかる過疎村の奥深くあり

猪股靜彌氏追悼

管により酸素補ひ苦しかる息にも君は歌会つとめき

寺の坊に仮住みの君を訪ふみ歌遺りて君も先生も亡し

共なりし歌誌を分てど文明先生を学び尊び心通ひき

アララギの先達を描く表紙絵をなぜ拒みしか退会をしき

よき医師を狭心症のわがために勧め下さりわが命あり

わが歌に批評やさしくなりたるはあるいは病進みしゆゑか

平成二十二年（二〇一〇年）

平城宮跡にて

年明けの朝かぎろひを宮跡の土壇にて待つ奈良人われは

明けやらぬ枯れ芝原を吹く風の音を集めて朱雀門立つ

大極殿の風鐸ひとつ鳴る聞けば乾《いぬゐ》より吹く風の道あり

クレーンあまた空指すほとり大極殿の高く孤独に冬空の下

造酒司の井戸跡を囲む礫《れき》のなか蒲公英よおお冬越して咲く

復原の築地《ついぢ》の塀は冬の日にあたたまりをりしばらく寄らむ

宮跡の排水路南にゆるやかに流るるも都に適ふ地形か

枯芝を歩みつつ思ふ「続日本紀」の造都の役民逃亡の記事

苦役より逃るる者を監視する武官の立ちて成りし都か

宮跡をゆくまぼろしの天平びと歌のさびしき憶良家持

宮跡の葦枯れし沼は浮く雲を映して遷都祭にかかはりもなし

進駐の軍の整へし道路いま遷都祭に備へ舗装新し

欠勤

欠勤を罪のごとくに思ひ来しがその勤めにも就けぬ多しと

働かずされども飢ゑの憂ひなしかくして歌の痩せてゆくべし

定年まで欠勤をせず働きしを吾もし言はば人嘲ふべし

厳密に言はば組合の指令のもとストせし欠勤のあるかも知れぬ

動員学徒のとき皆勤の賞を受けき惰性に生きる性のまにまに

君は本を読みて夜ふかしするゆゑと遅刻を責めざりし校長ありき

やがて来む年もわが身にこの十年潜む一病おとなしくあれ

今のわが幸のひとつは畑つものつややかに厨に絶ゆるなきこと

自国のエゴの二酸化炭素を吐く間にも南海の低き国の溺れむ

丹波味土野《みどの》

過ぎし年まれなる豪雪にこの山の人らこぞりて村捨てしとぞ

大根を車に積めりこの村を捨てたる人も畑を捨てず

廃村にのこる分教場の窓ガラス光りてをれど行きて覗かず

柿赤く竹群青しこの山に細川ガラシャ隠棲せしか

住み捨てし家あり何の工房か裸電球昼をともれり

見下ろしの残る黄葉にとどろきて斜めに白き味土野大滝

銀杏を流れに洗ふ媼あり北丹後路の逝く秋の峡

癌もつ兄

兄一代にて祖よりの田畑ことごとく荒れ果てたりとみづからを責む

兄ひとりの力を超えし何者か山林を田畑をかく荒らしたる

おのが死後に荒れし田畑を残すこと思へば夜も寝られずと言ふ

孟宗の藪蔓延の勢ひは荒れし畑を呑み込まむとす

告知されし癌にくじけし兄はいま別人のごと竹藪を伐る

舞茸をまたピオーネを育てむと癌告知後の兄のいきほふ

黒澤映画の「生きる」の男さながらに癌もつ兄の果樹園の夢

老老介護

わが町にも日を経て知られし孤独死あり老老の介護はまだ幸せか

介護詠の合同歌集編みゐるにここに詠まれし夫君逝きぬ

病む妻の介護を尽くしその妻より先に逝きたる友を忘れず

上つ毛の下仁田葱のやはらかに鍋あたたかに亡き友を恋ふ

介護する老いたる人の大方はそのみづからが病みつつ努む

会員減り労演危ふしと開演に先立ちて訴ふは他人事ならず

会員の一人が一人を入れてほしあゝここも吾らと似たる発想

老いてもはや作れずと言ふあり沙汰のなくいつしか歌の見えぬ人あり

保科一郎氏追悼

シンビジウム賜りて株分けせし三種栄ゆるものを保科さん亡し

早咲きの黄色すがしき蘭の花亡き君の名を付けて培ふ

亡き君の面影が蘭に寄り添へば花の久しきこともかなしき

わが町のバス停の名の変へられぬ工業高校の廃校のゆゑ

猿害

病院に兄行きし留守に菜園はことごとく猿に荒らされしとぞ

里山のどこより見てゐる猿どもか留守を狙ひて畑を荒らす

老い二人食細くして菜園を猿の荒らすを嘆くにもあらず

椎茸は軸のみ食ひて笠は捨てる猿の習性も初めて知りぬ

ふるさとに育ちて吾の十余年猿も猪もかつて出ざりき

煮沸消毒せし木に舞茸を育てつつ癌病む兄のいつまで生きむ

老いて病みて農を止めると兄の決めし年ぞ平成二十二年は

兄の最後の稲作はああ稗の中にうづもれて辛うじて三分作とは

強ひられし減反を怒りし日も遠く一田残らず荒るるにまかす

ふるさとを出でし吾らが稲を作れとせき立てし甘き郷愁を恥づ

納屋に並ぶ耕耘機またコンバインただ空し兄の農一代も

ふるさとに帰省のわれを水の面に映しし門田も今は草原

越の早苗田

塩害を怖れつつ潟の水引くか早苗田は潟の濁りに並ぶ

紫水館閉ぢたる跡の店に立つ袴のをとめら手持無沙汰に

北潟より吹きくる風の冷ゆる日を友の心の衣を重ぬ

潮煙果てなく曇る日本海一重の低き山の彼方に

姥百合の葉のつややかな処より鹿島の暗き森に入りゆく

芭蕉が句を残しし寺は碑に軸にその句を掲げ賑はひを呼ぶ

結社分れ消息絶えし十年に君逝き次ぎて妻君も亡し

歌集評のわが第一作は『少年』評五十年前の気負ひなつかし

判事なりし君の導きに細峠の滅びし村に桃の花見き

牽牛子《けんごし》塚古墳

飛鳥駅より見学の列絶ゆるなし塚築く丁《よぼろ》もかく続きけむ

出土せる敷石の列はまぎれなく八角形墳ぞ白整然と

人あまた石あまた使ひ大工事好みし女帝にわが親しまず

棺置く白石二つは母と子か灯りの照らす石槨の奥

衰へぬ秋の暑さに法師蟬古墳につづく林に鳴けり

凝灰岩の敷石白き古墳より下れば陸稲の畑に出でたり

邪馬台国はいづくともあれ秋の黄砂国原こめてひねもす霞む

牽牛子塚に寄り添ふ墓の出土して再び来たり越の冬丘

大津皇子の母の古墳か閃緑岩の床曝されて冬日に青し

大津皇子の齢は母を越えたりやあはれは尽きず母子ともども

「皇孫大田皇女を陵の前の墓に」書紀のそのままわが眼の前に

この古墳に母恋ふる幼きまぼろしの二人を置きて峡に下らむ

黒塚古墳

逝く秋の稀なる黄砂うちけぶり辛うじて視界は畝傍山まで

棺に添へ神獣鏡幾枚か並べたる模造の古墳は出土のままに

遠き世に地震《なゐ》に石室の崩されて盗掘免れしこの神獣鏡

掘りたての落花生洗ふかたはらを過ぎて行灯塚を目指せり

山の辺の道にほぼ沿ふ鉄道の乗り降りともに無人駅なり

平成二十三年（二〇一一年）

兄の歩み

軒下に肥料の袋積めるまま兄の病ひの癒ゆることなし

隣まで回覧板を持ちゆきし兄の歩みも今日のよろこび

病院に車雇ひて町に出し兄の買物白髪染めなど

旱《ひでり》にも涸れざる泉を日々に飲み田を潤して祖生き継ぎし

燕らの飛来絶えしは何ゆゑか巣のみ残りて藁屑の垂る

十年も前より「買物弱者」にてタクシーのみに頼る山住み

作やめし畑の一つは舞茸の菌を植ゑたる榾木を囲ふ

冬の夜の更けし静寂《しじま》に鼠走る音親しかり命あるもの

母は二月父は三月に逝きましぬいづれも浄き雪の日なりき

仏壇の蠟の灯消えて闇に立つ若く逝きたる父のまぼろし

津波の残したる葉書（東日本大震災）

津波荒れし泥の中より拾ひたる葉書ぞ命ありと書き来し

津波の泥洗ひて君の乾かしし葉書一枚いま吾の手に

膝の上にて書きし葉書か避難所の人らひしめく雑音の中に

津波より逃れ得し君病院に携ふるバッグひとつ離さず

津波の後はじめて書かれしこの葉書表に裏に文字の溢るる

土葬の許可ありしと避難所にて人々のささやきあへる様も記せり

戦災に地震に更にこの津波なにゆゑかくまで君をさいなむ

かの浜を君の歩みしスニーカーもその砂浜も津波奪ひつ

黒潮の海鳴りに季節の移ろひを知ると詠みたる君にありしを

君の町の林檎に今年花咲くや津浪襲ひし塩害いかに

座右の辞書津波に奪はれ嘆く君攫はれしものは数多あらむに

あたたかき日のつれづれに野の梅に君寄るといへど避難所暮し

夫の位牌津波に失せし悲しみは溢れむ個室に移り住む日に

避難所の人らに受くるいたはりの身に沁むといふ独りの君は

避難所に雑居する日々神経の図太くなりて身を保つとぞ

戦災に津波に遭ひて八十四この友にいかなる再起待つべき

湖北の若葉

湖北《うみきた》の村はづれなる道の駅親しなつかし藁束を売る

見下ろしの湖になだるる万緑の中にほのぼの朴の白花

今しばしとどまる春か道の上の若葉に垂るるおそき藤浪

平城の代の廃帝を崇めて来し村は掟を保ち文書を遺す

中世の惣村の名残わづか留め屋根に草生す四足門あり

山の若葉を楽しみ湖の風に吹かれひねもす老いの心くつろぐ

宮地伸一先生追悼

常に君の心痛めし歌のことば崩れ崩れていづへに行かむ

老いし君に歌をたのしむ自適の日ありしかただの一日たりとも

持たされし携帯電話が鳴りしゆゑ意識なく倒れし君救はれき

すぐに要る本が出て来ぬを嘆きまもし君の狼藉はわれに近きか

子規の母伸一の母いま思へばリアリストの血をその子に伝ふ

魚島に魚食ひに行き君も吾も若かりき瀬戸の海を渡りき

稲を見ぬ故里

なつかしき二階より山脈を見はるかし少年に還るわれと弟

トタン高く囲みて猿を防ぐ畑放棄重ねて残る一枚

牛部屋の壁に残れる牛の護符撮りて何せむ家の絶ゆるに

過疎に至るプロセスあはれ電灯も車の道も村最後にて

ふるさとの荒れたる畑の片隅にわが墓据ゑむ先は思はず

ふるさとの門田に稲を見ぬ秋か平成二十三年今年

三枚の門田に畦豆蒔きし日の子供仕事のよみがへり来る

最後まで作りし門田一枚も草黄葉して秋の逝くころ

稲作をやめたる兄の農のこころ保つもあはれ茸培ふ

三軒のみ残れる山の農の家つづけて媼翁みまかる

牛飼はずなりて久しき牛部屋に秋の西日のあらはに差せり

年老いて癌病む兄をこの上になほ苛むか足の骨折

住み替り住み替りして飲みつぎし泉に青しミヤマカタバミ

夜もすがら筧を落つる山水の人の絶えたる後もひびかむ

里山は檜の暗き植林となりわが郷愁の山を失ふ

国の勧めし植林の檜くらく茂りふるさとの恃む谷水痩せぬ

兄の気負ひし植林はなに枝打ちもできず年々荒れてゆくのみ

植林のなかりし頃のふるさとの山恋し辛夷も栗も咲きゐし

猪よ筍を食へ孟宗の里山を侵すいきほひ停めよ

農をやめて用なき納屋の荒れゆくを見るに忍びず繕へと乞ふ

兄逝く

年長く頼り来し兄の眠剤は入院とともに禁ぜられたり

眠られぬ夜更け病室にてつぶやける兄の心経も咎められたり

眠剤と下剤を医師に禁ぜられ鬱昂じゆく兄のすべなき

七十日の入院より戻り来し兄の朱つややかな柿を剝きゆく

入院の二月あまり日記書き呆くる兆しもなく退院す

弟の設へし青き竹の柵つたひ歩きて兄のリハビリ

年々に増えゆく放棄田に苛まれ山の村にて兄の息絶ゆ

田を諦め本を読まむと白内障の手術してわづか命一年

畳を替へ襖張り替へ喜びしその部屋に帰りぬ兄の亡骸

退院し三週間をふるさとの山の泉を飲みて逝きしか

退院し吾に送らむ柿を剝く兄なりき最後にわが見たる兄

山の農に報はるるなく死にし兄この兄ありてわが自由得し

村の寺に疎開せし知識人に炭を運び『善の研究』など借りて帰りき

村費にて師範学校にと先生の言ひくれしに農のゆゑ断りき

山村にて苦学する悩みを訴へしに湯川博士の返事たまひき

白骨となりたる兄よ大腿骨を繋ぎし金具の放つほとぼり

弱き身に農にいそしみ放棄田に苛まれ山の村に逝きたり

みづからの漢詩書かれし襖の下兄しろじろと死出の装ひ

田をやめて茸培ふ兄に応へ累々と榾に生ふる平茸

炬燵にて柿剝く兄を癒えたりと見しより二十日の命なりけり

伝ひ歩きの兄のため庭に作りたる柵の残れり霜白きうへ

平成二十四年（二〇一二年）

アララギ入会の頃

焼け残りし寺にて国民服の文明先生にまみえき十九の学生なりき

学生の吾が岡山にて会ひし歌人保義佐太郎土屋文明

よき先輩に恵まれしかな度の強き眼鏡の小宮欽治も居りて

焼け残りし西文明堂のアララギ歌会瓶の真白き木瓜よみがえる

学友の石田清が八十にて歌に戻りしが去年逝きにき

数人のアララギ会員が居りしなり戦災跡のバラック校舎に

壁を塞ぐ本

窓除き壁のすべてを塞ぐ本わが亡き後はどうにでもせよ

妻に子に用なしといへ吾が宝と尊ぶアララギ復刻版全巻

歌詠みて六十年か溜りたる本に声あり面影立ちて

同じ本を時隔てまた買ひてありその三組を人知るなかれ

頭上より本の落ち来む地震の時さもあらばあれ壁高く積む

去年の日記に倣ひて今日は黴にほふ書庫に殺虫剤の煙いぶしぬ

母の茶摘唄

二月には母の忌のあり三月は継ぎて父の忌春はその後

をとめなりし日の茶摘唄歌ひ出づ九十の母の尊く呆けて

うなづきて涙ながらに聴く母の性を承けしかわれらはらから

入院の母の話題にしばしばも子らを誇りて疎まれしとぞ

脚強く呆けてさまよふ母なりきその幻のふるさと恋ひて

離れ住む吾の見舞へば生き生きと母の痴呆のまのあたり消ゆ

弟は手わざ器用に入院のベッドの母の白髪刈りき

付添の姉が離れしばし間に母のにはかに息絶えしなり

薪くべし囲炉裏つぶして「かか座」といふ位置も言葉もともに消えたり

ふるさとより根を移したる蕗の薹母の忌の日にいまだ覗かず

ふるさとを遠く思へばきさらぎの母の忌の日の風花しばし

うら若き母きさらぎに吾を産みきさらぎの雪の日にみまかりぬ

母の遺しし手紙

母保ちし手紙をそれぞれ認《したた》めしわがはらからの五人に戻す

母遺ししその子らよりの手紙数多繰り返し読みしか紙のけば立つ

母にわが宛てし手紙の幾通か仮名書きなるは痴呆のころか

覚えはじめの字より漢字の混じるまで育ちゆく孫の文を遺せり

電話よりも手紙好みし亡き母は子ら送りしをみな遺したり

夫と別居の娘を母の責め責めき思へば終の気力なりしか

セカンドオピニオン

心決めてセカンドオピニオン受けむ日ぞ寒ざむ光る鴨川を越ゆ

もし吾に潜む癌あらばいくばくもなき残生をもろともにせむ

まれに吾によきこともあり医師を変へて病名一つ消えゆきしこと

主治医変へし今日の心に刻まむとチョゴリザ登頂の映画を視たり

付添を強ひてやまざるかの医師は知らぬか女性も仕事を持つを

姉も兄も病みたる癌ぞ三番手のわれに来む日の覚悟はありや

越前開善寺

庫裡の二階のガラスの澄めり若き日の吉田先生籠り勉めき

昭和二年夏ふた月をこもりまししみ寺ぞ今は無住とはなる

前栽の木々にまじりて蔓延れる竹の光るもあはれを誘ふ

うらうらに桜の咲けど目に沁みて庫裡の雪囲ひいまだ解かれず

寺庭につづく藩主の墓どころ石の柵には苔ひそかなり

この庭のいづこに摘みし先生の朝餉の汁に浮きし茗荷は

五右衛門風呂

アララギの幹太く立つ峡の宿今夜の眠り安けかるべし

耕耘機通しし橋の頑丈に残りて対岸は田の皆荒れぬ

山の栗も培ふ栗もことごとく白き花房噴き垂るるさま

丹波の峡深く入り来て見るものか平らに広し転作の蕗

稲を蕗に替へて培ふ老いの語るおのが始めて村に増えしと

車よりゴム長を友の出しくれてわが足俄に活力の出づ

丹波の峡の村親しきにふるさとのわが村に似て過疎のきはまる

狭き峡の激ちに沿ひて畑あれば柵にネットに獣を防ぐ

四五軒の残れる村にひとり住む君の家あり沙羅の花咲く

君の家五右衛門風呂を今に残し旅の若きら浴みて喜ぶ

子らの絶え老いわづか住む峡の村遊園地あり鉄棒錆びて

砂防ダムを落ち来る水の夜をとほし響く宿りに一夜眠りぬ

兄の法要

心経の声流れゆく窓の外今年門田は草荒るるまま

つくづくと代替りたり兄の忌にわが知らぬ十代また二十代

正座かこつは吾のみならず長き経をあげ下されし初老の僧も

農やめて手の泥洗ふこともなき池に筧の水のひねもす

弟の学資に伐りし樫の木の家を覆ひし遠きまぼろし

唐古・鍵考古学ミュージアム

埴輪の牛喉たをたをと故里にわが撫でし日の感触恋し

あこがれか祈りか出土せし壺に矢の突き刺さる鹿の線描

弥生期の木製の鋤鍬親しきに次のコーナーは楯ものものし

出土せし自在鉤親し栗爆ぜて囲炉裏にぎはふ円居ありしか

国原をゆく川十あまりその氾濫に備へむダムの予定地広し

稲の田に並ぶ放置の広き田を覆ひ尽して荒き葦原

平成二十五年（二〇一三年）

室津

港室津の辻また坂に標高を示して既に津波に備ふ

遠き祖の開拓崇め祭礼の行列は斧鉈鎌が先駆す

北限の自生の蘇鉄幾株も岬の森に幹荒々し

昼網の水揚げ終へて人ら去り鴉は移る船より船に

嗣ぐ子なく老いし夫婦は定置網の丈長き竿にペンキ塗り替ふ

十月のま対ふ海に突き出たる岬の道の果てまで行かむ

忍阪・多武峰

枝谷の谷それぞれに霧湧きて忍阪の山一日雨降る

鏡女王の墓といへども常ならず赤松枯れて今は檜生

多武峰は雨にしづまり霧の中に浮びて桜の早きもみぢ葉

遠き代に戦重ねし山の寺白じろと独活の花残り咲く

秋冷ゆる雨降りつつむ観音堂孤独に丈の高きみ仏

人麻呂の代に刻まれし石仏か衣の襞もゆるやかに勁《つよ》し

本の始末

もう乗るなと言はるる自転車汝も吾も共に喘ぎて坂登りゆく

ロープ引く一瞬の力おとろへてエンジンかからぬこの草刈機

菜園を楽しむことも限界か畦刈る機械も動いてくれず

隣人と疎く過ぐれどゴミを荒らす鴉を話題に言葉を交はす

庭の落葉の中より鍵の見つかりて百日ぶりに独り安堵す

逝く前の挨拶のごと日向より柚子をたまひてたちまちに亡し

用のなき本の始末を今日聞きぬ東日本の被災地が待つ

軽き靴を店にて長く選ぶなど老いてはかなき暇と思ふ

山育ち

みづからの一つよろこび稀々に目の覚むることなき夜のあり

少年にして諦むるすべ知りきまづ身の丈の低きことより

廃校となりしグラウンドは周りより草拡がれり霜に凝りて

酒弱き性分けあひてストレスを愚かに溜むるわれら兄弟

山育ちの身は不器用に年重ね夜の明るき街に遊ばず

古書店も足遠退きてネットにて手にする百閒の『新方丈記』

畑小屋に置くゴム長のいつの間の三十年か足も弱りぬ

沢庵の樽漬けもわが楽しみに続けて遠きふるさとを恋ふ

雪の金剛山

踏みしむる雪のすがしく軋む音何年ぶり否何十年ぶりぞ

八十五のわが生まれ月みづからを祝ひて雪の金剛山に在り

杉谷は雪の醸せる靄ふかくいま金剛山に世の音のなし

脚よよむことは隠して尾根を越え眼鏡を拭ふ雪の平らに

灯に光る白き饂飩のたをたをと友らと囲む山荘の鍋

夜すがらの氷雨しづかに山荘の暁がたに落ちし眠りか

若き友にまじりて吾のアイゼンの雪踏む音の鈍く重たし

雪の靄の冥き谷より仰ぎ見る峠ほのかに光背を負ふ

杉の花粉鎮めし雨のはれたれば見下ろし遠く青き河内野

雪の尾根超えたる今日をまたとなき日と思ふまで脚おとろへぬ

国民服の文明先生と会ひし日を語り昂る山荘の夜に

雪を出でし縞あざやかな熊笹もまた見るなけむ金剛山を去る

有間皇子の跡

遠き代のかなしみ偲びわが来しに五月の大辺路海の明るし

岩代の海凪ぎわたりをりをりに渚を南に走る白波

浜松は幾代の裔《すゑ》か下蔭を囚はれの皇子歩むまぼろし

訊問に答へて皇子の潔し「天と赤兄と知るわれもはら知らず」

岩代は昼のたけつつ踏切の警笛鳴りしのみに音なし

哀しみの尽きねど浜を離れ来て南部《みなべ》の梅干し工場のまへ

二人静

ふるさとの三軒のみな稲をやめ応ふるごとく五月の旱

豌豆の畝小気味よく枯れたれど火を放つこと今は御法度

左頬に老斑の出づわが父の遺影は四十代の張りのある顔

わが松に薬を注しに来し人も定年の後身につけし職

一人静はやくに絶えて二人静ところ構はず殖えに殖えつぐ

北庭の木蔭に紀州のほととぎす植ゑてまだ見ぬ黄の花を待つ

胸部大動脈瘤手術

わが胸の大動脈に大き瘤痛まずひそかに破裂うかがふ

七時間の全身麻酔より醒めて蘇生たまはるこの老いし身に

一箸も皿に触れ得ぬこの朝雫したたる桃をむさぼる

幼日に素直にもどり歯磨きもナースにゆだね口を拭はる

国原はけふ靄晴れて垣山の南の果てに金剛《こんがう》山青し

胸の上に聴診器幾たびか触るる間に夕雲の朱みな消え果てぬ

大動脈に入れしステント二十糎いつまで老いの命支へむ

ナースの手の熱きタオルに拭かれつつ若かりし母のまぼろしに立つ

手術後をはじめて歩みゆく廊に親しいつくし畝傍山見ゆ

葛城山の空ににほへる夕茜病む窓に見えて部屋の運よし

子規に無き病床の幸六階の西ひらけたり垣山遠く

臥すベッドの頭部を起こし見下ろせば心こほしく街の灯の増ゆ

入院の部屋運のよく西の窓に夏霞濃き二上の山

エアコンにナースに日々を護られて長塚節《たかし》のごと蚊には悩まず

点滴も心電図もモニターも外されて胸に手を置き還る安らぎ

六階の廊下の壁のポストよりハガキを落とす手術済みしと

胸板のあはれたるみのしるくしてこの夏目立つ術創の跡

ブラインドを開けたるままに寝に就かむ退院の明日の朝の日を見む

夜も昼も冷房に護られ癒えし身の光まぶしく道にふらつく

退院の荷物まとめて靴を履くこの感触よ待ち待ちしもの

帰り来て庭杉の下涼しかり深山かたばみ夏に弱れど

沈黙の日々

胸部の大動脈瘤の肥大によって左の声帯がそれを支配している反回神経の麻痺を起こし機能不全になったので一色信彦博士の甲状軟骨形成術を受ける。動脈瘤の手術の後、五ケ月前後経過してからの施術とされている。

声帯を病みて吾より人を絶ち人を怖れて百日を超ゆ

もの言はず用を足し得しこの一日銀行も駅も唐招提寺も

喉病みて人絶つ日々の安けさも一日過ぎ二日過ぎ明日を怖るる

もの言はぬ一日の暮れて風呂の湯の沸きたりといふ器機よりの声

もの言はぬ雲いちめんに遊ばせて空は音なく暮れてゆきたり

左側の声帯は麻痺しわが老いの命を措きて先に逝きたり

声帯の麻痺してあれば街中の知る人のなき雑踏のよし

鳴る電話に立たずにをれど鳴り終る時まで独りの心を乱す

頭を振りて吾が意思つたへかにかくに黙してけふの一日過ぎたり

声帯を病みて沈黙に堪ふる日々夏も終るかほととぎす咲く

人らみな黙す電車は心安し声出ぬ吾もそれと知られず

木蓮に返り花ありわが声のもとに返るをいつと待つべき

二ところにメスの入りたる身を庇ひ世を捨てしごと人を絶ちゐる

鳴る電話を避けて出で来し書店にも疲れて隣の茶房に憩ふ

声の出ぬ吾のめぐりのみ仏らみ堂に並ぶ永久なる黙《もだ》に

南大門出でて仰げば怒る口の仁王の声なき声の尊し

声帯を病みて四月かもの言はぬ行の寂しさも少し知りたり

世を捨てし者のごとくに人を避け黙せど心澄むこともなし
世に背く気概もなしに家ごもり独り笑ひも吾ひとり知る
みどりごのごと物言へずただ綴る文字ありよぎる思ひを記す
声を放つ

夜の床に病む声帯のみづからの声聴きしかな嗄《かす》るる声を

声帯のオペのさなかに指示ありて咄嗟に歌ふ「雪の降る町を」

易者より長寿の相と言はれしに愚かに縋り手術に耐ふる

花の名を季節を追ひつつ思ひ出し遂に寂しも声のなきもの

枕べの歌書に気づきしか若きナース歌を見せたり脈とりし後

東遠く大き池ありあけぼのの空を映すを窓に見放けつ

もの言へぬ四月を耐へてわが癒えし声を放たむ流るる雲に

よどみなく話せど左の声帯のすでに死にしはみづからが知る

つくづくと思ひ知りたりみづからの声をこの世にまた無きものと

ホトトギスの花終り千両の朱のいろ日々まさりゆくわが窓の外

四月ぶりに声帯癒えしこの声に録音す子規の『仰臥漫録』

白き雲さざなみ状にひろがれり声帯癒えて歩むわがうへ

龍在峠

大海人皇子の吉野越えの峠（土屋文明説）

村役場は峠の篠を刈りそけてありがたし今日四人の歩み

皇子越えしは陽暦にては十一月二十八日われらの越えし六日の後ぞ

峠にて熱きポットの茶を飲めり皇子は水飲むゆとりありしか

土日のみ帰り住むらし奥明日香冬野に残る一軒の家

町に移れど山の畑は捨つるなく玉葱植ゑて柵に囲めり

人住まぬ冬野の家の庭に見る鹿の足跡は龍在を指す

皇子越えし道偲ばむに右ひだりひしめく篠は冬日にさやぐ

宣長の文に並べて『私注』の説吾は掲げぬ龍在の小屋に

声帯を病みて癒えたるこの秋の喜びに踏む龍在の道

龍在の雪踏みし日の足跡の独りの歩み古りし写真に

平成二十六年（二〇一四年）

雪の深さ

楽しみより重荷に変るものの増ゆたとへば家を囲みたる庭

暑き夏を凌ぎしミヤマカタバミよわが身よ共に夕風の中

早苗田に補植する人の写真貼りわが部屋明るし水の光に

久々に会に加はりし若き友鉄削る仕事を伸び伸びと詠め

古き歌にかかづらふわれ新機種のパソコン据ゑて年を迎ふる

一月の稀にあたたかき日のあれば苺の枯葉摘み取りに出づ

メスの二度入りし身庇ひ寒肥を怠りしかな枝垂れ紅梅

冬越しし芹を溝より浚ひ上げ病ひの癒えし力を試す

故里に住む弟と雪の深さ互みに告げぬわが声癒えて

冬を越す草

枯れし花穂四五本残る藤袴しひたげて積むきさらぎの雪

君子蘭の鉢重くしてわれの手に動かしがたし病ひ癒ゆれど

わが部屋に冬を越しゐる草の鉢アネモネは二つ目の蕾を掲ぐ

苗床に種の甘藷を一つ伏せ父の忌の今日ふるさとを恋ふ

故里より移しし三椏はすでに枯れ蕗は栄えてその薹十五

はがき大のレンズ求めて半日を辞書めくりつつ独りの遊び

病みあとの鈍くなりたるわが頭人の気づかむ口に出さねど

植木市

記憶よしと言はるる歌の大方は十代二十代にて覚えたるもの

貸して返らぬ本のいくつか就中茂吉追悼号は買ひて補ひき

病み後の気力体力戻り来よ畑仕事のゴム長を買ふ

わが病みて顧みざりし畑の鍬執る手ざはりの幾月ぶりぞ

林の中歩む思ひに園芸の店にひろがる植木市ゆく

山葵の花

衰へは抗ひがたく奥の歯の二つ欠けしは吾のみが知る

病む日々に体温計りてせし記録子規より前に例のありきや

ふるさとを偲ぶよすがの一株の山葵の白き花も終りぬ

ふるさとは稲作やめて四年経ぬ燕の来ぬはそれ以前より

蕨山は猪どもが掘り返し土ふかふかと耕ししごと

深山かたばみ

孟宗が老い一人住む屋敷まではびこらむとして山より迫る

ほしいままはびこりやまぬ筍を猪どもよ掘れよ食らへよ

禅寺の六畳に下宿せし若き日に親しみし生徒らも古稀を過ぎしか

六十年消息なき君はからずも大和室生より歌送り来つ

故里の荒れゆく墓か草にまじり二人静の咲くといふものを

畑隅に溝萩植ゑて恋ふる盆そのふるさとの家に人絶ゆ

人住まぬ生家の池にをりをりに弟は行き鯉に餌をやる

故里の山より移しし三つ葉つつじ丈高くして悲しみを呼ぶ

鉢に茂る深山かたばみ故里の清き泉に育ちゐしもの

老いの血

菜園にほほづき植ゑて熟るる待つ農の子吾の心なぐさに

住み古りしこの秋篠に変るなく田植機の泥に濡るる舗装路

大型の台風事もなく去りて農小屋を縛りしロープを外す

老いの血の滞るなかれ吾が皿のトマトも胡瓜も今日の朝採り

育てたる玉葱欠かさず日々摂るに動脈硬化度は平均を越す

畑を借る定年後のわれら畝を並べひそかに競ふ速き実りを

遊びのごとき菜園なれど鴉防ぐネット三色覆ひて試す

黒い雨

石上《いそのかみ》の白砂ひろき斎庭《ゆにわ》よりテストの放水杉の秀を越ゆ

熊手にて老いのいそしむ白砂に一葉残さぬ長き参道

烏瓜の花固く閉づる道暑しヒロシマに災ひありし今日の日

乾く道真直に西に伸びたればその果てに青し二上の山

穴師川乏しく流れ砂止めの堰落つる水ひびきゐるのみ

道のべの無人売り場のイチジクに喉うるほして巻向をゆく

照りつくる日射しに吾は歩くのみただ歩くのみ「ヒロシマの日」を

驟雨黒く三輪の夏野を襲ふ見え今日六日「黒い雨」のまぼろし

青きまま病みてころがる栗のいが見過ぐしがたし腫瘍持つ身は

衾路《ふすまぢ》の夏日さへぎる柿の蔭に青草を藉く素足になりて

鈍りたる脚運び来て穴師川の山より里に出でたるに逢ふ

三輪山の裾の林の暗がりにキツネノカミソリ朱の鋭し

白鳥座

涼しさの生まるるごとく青き穂のゐのころ草のゆるる一群れ

ほとばしる水の親しく暑き日のこの昼さがり硯を洗ふ

戦禍にて逝きしみ霊に詫びつつも涼しき秋の訪れを待つ

勤め退き休暇と縁のなき日々はみづから一生をねぎらふ憩ひ

先がけて白彼岸花つややかに日にかざす蕊の光る涼しさ

空澄める秋彼岸二つ同窓会に招かれ清く甦るもの

台風のなごりの雲より現れし琴座のベガは吾の真上に

うす雲に透きて遥けき白鳥座その下に寝む宇治山の夜を

台風の来むといふ夜を取り込みて土間の華やぐ鉢の花々

少年期に鎌にて稲を刈りし日の稲の匂ひよ足沈む田よ

季の移りに静かに従ふ幸を思ひ藷掘りし跡に玉葱を植う

三軒のわが故里の余命ありや「ふるさと創生事業」縁なく

名張夏見廃寺址

大伯皇女のゆかりの寺の址はいま桜に遅るる櫟の黄葉

夜の明けの黄葉明るむ山道を姉皇女と別れひとり越えけむ

思ひつめて山路を急ぐ若き皇子戻らむ飛鳥に死が待ちしとは

金箔の塼仏は壁にきらめけどあはれは尽きず大伯皇女

名張川より運びしいづれも丸き石寺址の土壇に白く列なる

風も光も澄みとほりたる小春日の夏見廃寺の址を往き来す

平成二十七年（二〇一五年）

早春の奥明日香

世の音のなき杉群に水ひびき飛鳥の川のここに起これる

梢より雪解くる雫しきりなり春立ちかへる今日の峠路

羊歯群に淡雪のこり石の龕《がん》の冥きに役行者《えんのぎやうじや》座れる

杉の幹直線の影あざやかにわが下りゆく道に縞なす

源流は道の左にまた右に幾変りして橋あまた過ぐ

峠路の杉群暗き平らにはひそかに村の浄水場あり

源流に渡せる新しき橋の板いま幹割りしごとき黄のいろ

飛鳥川の飛び石渡りさざめきてゆく水の辺に握り飯食ふ

道端の小屋にて野菜売る媼薯を焼きつつ吾に勧める

棚田作るオーナー制も二十年詰所に竈《かまど》の二つ三つ見ゆ

石垣の日向に垂れて黄梅のあざやかに咲くさきがけ二輪

故里のごとく親しむ奥明日香されどここにも子どものをらず

馬酔木

竹群は麓を占めて木枯しにさながら揺らぐ南淵の山

蓮華また彼岸花祭案山子競べ人寄せて明日香は棚田を守る

『続々青南集』高く仰げど歌のすべて今の吾より先生若し

先生の杖欲りまししは八十なり大雲取越より十年ののち

わが生れし春立つ頃を群がりて萌ゆる貝母《ばいも》も長き友なり

咲き垂るる数なき花のしらたまのにほふ馬酔木の大木の下

葉の裏に絹毛光るをアラカシと見分けて登る手向山社へ

二月堂の高き回廊に立つ吾に迫りて葉群の光る多羅葉

塀の上に冬木の楤《たら》のしらじらと戒壇堂を出でしわがまへ

戒壇堂のほとりの樬に萌えむ芽をたわめ採るすべを知る僧ありや

近江吟行

近江の湖雨に暮れたる闇深し久々に友らと春の旅寝す

歳老いて宿泊の集ひ稀となり友ら減りつつ歌につながる

晴れの予報の明日は行くべし『幻住庵記』を闇の臥処に誦しつつゐる

「この一筋につながる」と述べし芭蕉翁今の吾より四十も若し

比叡より激ちて下る清き水幾年ぶりぞ鳴る水に沿ふ

補聴器

新茶注ぐ音の清しと補聴器をはじめて着けし妻の一こゑ

難聴の妻に言ふ声簡潔に単純になりしこともよしとす

難聴は長生きなりと世に言へばわれの命は妻に委ねむ

幼くて黒文字の木の香を知りき炭俵の両口を塞ぎし枝に

浴槽に動かずなりし爺を救ひ畑にもどりて諸の苗挿す

父のわらべ歌

父の木炭一等賞の賞状の日付はあはれ死の十七日後

村の教育の熱のありあり小学生父の聖護院大根二等賞受く

能筆の父の頼まれ書きし墓碑過疎の極まるふるさとに在り

父の死の電報受けしは学年末の試験受けゐる教室なりき

赤き土に雪の染まれる父の墓葬りにおくれわがひとり来し

動脈瘤また声帯の手術すれど父の齢の二倍のいのち

伯備線全通前にて松江入営の父は歩きき四十キロを

入営の二年を模範兵なりし父支那事変始まるやすぐに赤紙

子の多き三十五の農の父なるに赤紙は来つ田植さ中に

わが部落の農の十二軒にて戦ひに出されし戸主は吾の父のみ

占領地の村長の「親善」と揮毫せる絹地ひろげき帰りし父は

わらべ歌唄ふ声しき北支より生きて帰りし父の部屋より

父の意外な賞状一つ大正十二年兵の日の「射撃優等之証」

兵営の酒保の楽しみをよく言ひし父は貧しき山の農にて

間口五間の納屋を建ち上げ吾の生れ力充ちゐし父二十七

四十代半ばに父の逝きしかど田の放棄知らぬをせめて慰む

兄の後耳遠き姉の一人住みわが故里は疎くなりゆく

すぎゆく時のこゑ

百歳にて聞きましし「すぎゆく時のこゑ」この世のこゑか見ぬ世のこゑか

右左耳の大きさ異なると詠みましきすでに聞えぬ耳を

空爆に窓ことごとく落ちし夜も耳は気づかず眠り保ちき

来襲の爆音を山にて逸早く聴きとる任を兄務めゐし

庭池に沈みゐし幼き弟をわが見つけよくぞ死を免れし

耳のよき遺伝は父よりか母よりか父は若死にゆゑに知られず

耳も歯も健やかなるを亡き親の恵みと妹と電話を交はす

老い多きわが新アララギも声澄みて一際華やぐ女声コーラス

月下美人の秋早き蕾垂るる三つわれもなまりし身をひきしめむ

白き萩九月に入るや咲きはじめ難産の子の思ひ出を呼ぶ

わが隣の畑耕すは龍神村にて捨て値に売られし耕耘機持つ

泥の軍手は畑の杭に掛けておき雨に晒せり白くなるまで

重き足

老いて体重四キロ減りしに気づきたり踏み出す足の重さつのるに

妻の盛る皿の数々この日頃強ひらるるごとストレス感ず

動脈瘤手術にて調へし夏パジャマ彼岸に仕舞ふことも三たび目

夜の闇に呟く声は声帯を一つ失ひしあはれだみ声

洋服も靴も持つなくわが母は山の農にて一生終りき

歯ぎしり

医師はわが歯を褒めしかな菓子も稀の山家の農の育ちと知らず

鼠の歯と替へよと屋根に歯を投げる子どもも絶えて久しふるさと

保つ歯の二十八本嚙み合はせまだまだよしと眠りに就きぬ

吾の歯の砕くるばかりの歯ぎしりを日々に耐へつつ「一強」憎む

もどかしく待ち得て下がる支持率もわが参加せし数字にあらず

鉄漿《かね》を歯に塗りたる媼ひとりゐし昭和はじめの山のふるさと

母のため総入歯をわが贈りしが馴染むことなく命終りぬ

入歯はづし自然は楽しとみ歌ありうべ母も兄も入歯はづしき

みどり児の歯の覗きたる日を記しき思へば吾は今のイクメン

乳のよく出る食材といふ芋茎《ずいき》翁の吾の知りて何せむ

後記

平成二十二年に出版した『再誕』では平成七年から平成十八年までの作品を収めたので本集はそれに次いで平成十九年の作から平成二十七年までの作品六八六首を収めた。「新アララギ」に自選して発表した作を中心として総合紙誌の「現代短歌」「現代短歌新聞」「歌壇」「うた新聞」等に発表したものを加えている。

この集の九年間の身辺では平成二十五年に胸部の大動脈瘤の肥大で手術して人工血管を入れたこと、そして大動脈瘤の肥大のために左の声帯を支配している反回神経が麻痺して発声に支障が生じたことである。反回神経の麻痺は数か月してごく稀に回復することがあるので声帯の手術はその期間は施術されないので家庭に蟄居していた。そして限界集落の郷里に住む兄が先祖伝来の農業を完全に廃して田畑が荒蕪化していること、さらにその兄も平成二十三年に他界したことである。故里もやがては廃屋となり土に還ることであろう。

歌集の名は声を喪って蟄居した数か月の自画像を記念して「黙坐」とした。

表紙カバーは日頃馴染みの明日香村の写真を使用した。

以上の次第で病気関係の作、郷里の関係の作が比較的多くなった。こうして齢九十が目前になったが高齢化の現実を直視して作歌に努めたいと念じている。

本集の刊行に際しては現代短歌社の道具武志社長、今泉洋子様には格別のご配慮をいただきました。心より御礼申し上げます。

平成二十八年三月一日

奈良秋篠にて　小谷　稔

小谷　稔

1928年　岡山県新見市上熊谷生まれ
経歴
1946年　アララギ入会
岡山師範学校・東京教育大学卒業
著書　歌集『秋篠』『朝浄め』『大和恋』『再誕』
自選歌集『ふるさと』『牛の子』
評論『土屋文明短歌の展開』『アララギ歌人論』
「アララギ」選者を経て「新アララギ」の創刊とともに
選者・編集委員　北陸アララギ会「柊」、「法曹」の短歌欄、
毎日新聞「やまと歌壇」各選者
現代歌人協会、日本文藝家協会各会員

歌集 黙坐

平成28年6月1日　発行

著　者　小　谷　　稔
〒631-0811 奈良市秋篠町1170-24
発行人　道　具　武　志
印　刷　㈱キャップス
発行所　**現代短歌社**

〒113-0033 東京都文京区本郷1-35-26
振替口座　00160-5-290969
電　　話　03（5804）7100

定価2500円（本体2315円＋税）
ISBN978-4-86534-160-7 C0092 ¥2315E